阿公的跟屁蟲

文圖 奧黛莉圓

嘎ㄍ吱ㄓ──

我ぎ最ぎ喜ご歡ぎ阿Y公ぎ了ぎ！
我ぎ是ご他等的ぎ小玉跟ぎ屁玉蟲ぎ，
我ぎ們ぎ一一起玉做ぎ過ぎ好ぎ多ぎ好ぎ多ぎ事ぎ。

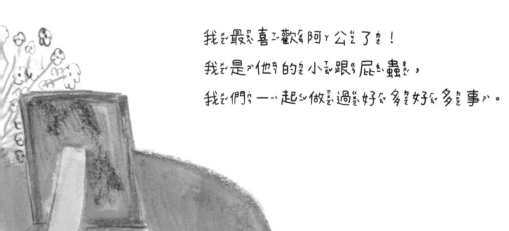

生日那天，
我問阿公可不可以煎荷包蛋給我，
那是全世界我最喜歡的味道。

阿ㄚ公ㄍㄨㄥ卻ㄑㄩㄝ說ㄕㄨㄛ：
「弟ㄉㄧ弟ㄉㄧ，我ㄨㄛ教ㄐㄧㄠ你ㄋㄧ煎ㄐㄧㄢ蛋ㄉㄢ好ㄏㄠ嗎ㄇㄚ？
我ㄨㄛ們ㄇㄣ去ㄑㄩ搬ㄅㄢ張ㄓㄤ小ㄒㄧㄠ凳ㄉㄥ子ㄗ。」

阿ㄚ公益一一個售步乘驟眾、一一個售步乘驟眾教蒙我急。
雖ㄟ然導很多難發，但多我急還多是一學亞會系了乘。
好公希工望公阿ㄚ公益能急嘗乘嘗乘我急煎等的售荷急包急蛋多！

「弟弟，
你辦到了耶！」

是我們辦到了才對，
我喜歡說「我們」。

我和阿公也喜歡一起看書。
尤其是一本綠色的書，我們總是一遍又一遍的讀。

現在，書上積了些灰塵。
「阿ㄚ公，這次換我唸故事給你聽。」

「從前從前，山上有隻小龍⋯⋯」

「咦～，阿Y公，這隻龍沒吃早餐嗎？」
「不是好餓的，
不過這隻龍看起來的確很餓。」

「阿ㄚ公ㄍㄨㄥ，有ㄧㄡˇ好ㄏㄠˇ多ㄉㄨㄛ恐ㄎㄨㄥˇ龍ㄌㄨㄥˊ蛋ㄉㄢˋ喔ㄛ。
你ㄋㄧˇ煎ㄐㄧㄢ過ㄍㄨㄛˋ恐ㄎㄨㄥˇ龍ㄌㄨㄥˊ蛋ㄉㄢˋ嗎ㄇㄚ？」

雖ㄙㄨㄟ然ㄖㄢˊ故ㄍㄨˋ事ㄕˋ已ㄧˇ經ㄐㄧㄥ不ㄅㄨˊ是ㄕˋ原ㄩㄢˊ本ㄅㄣˇ的ㄉㄜ˙故ㄍㄨˋ事ㄕˋ，
我ㄨㄛˇ們ㄇㄣ˙還ㄏㄞˊ是ㄕˋ很ㄏㄣˇ開ㄎㄞ心ㄒㄧㄣ。

「弟ㄉㄧˋ弟ㄉㄧ，想ㄒㄧㄤˇ去ㄑㄩˋ爬ㄆㄚˊ山ㄕㄢ嗎ㄇㄚ？」
阿ㄚ公ㄍㄨㄥ突ㄊㄨˊ然ㄖㄢˊ問ㄨㄣˋ我ㄨㄛˇ。

我跟阿公常常去爬山，
山路對我來說又遠又長。

「樹上的竹節蟲、石縫裡的青蛙，
要慢慢走才看得見。
走慢點沒關係，阿公陪你。」

阿公對我說的這些話，
我都還記得。

走到山頂，
我在原本是大樹的樹樁旁邊休息。
「弟弟，你看，你又辦到了！」

是你陪著我慢慢走，
是我們一起辦到了。

謝謝啦，
今天是我孫子生日。

下山後， 來到熟悉的柑仔店。
想起以前生日那天，
阿公會買雞蛋糕給我，
但是我只敢躲在阿公背後，
因為柑仔店阿嬤看起來好凶。

今天又是我的生日。
我走在阿公後面，
阿公感覺還是那麼高大。

這次，我還能再躲一下嗎？

「弟弟，第一次一個人來欸，
又長高了喔。」

柑仔店阿嬤叫住了我，
原來她沒有那麼可怕。
我跟阿嬤說，
我要兩份雞蛋糕。

「你看看，你可以的，弟弟長大了。」

眼前的阿公，好白，好亮。

我を們の來を到を公差車を亭を，
阿丫公差說差：「弟を弟をあ，你を辦を到をあ了をあ，
可をある一一個差人場做差很な多差事が。」

不多過多，
我多還多是多習五慣多說多「我多們多」。

這些回憶和你教我的事，
會陪著我慢慢長大，
度過未來的每一天。

奧黛莉圓

在與阿公有美好回憶的文山區度過二分之一的人生。
童年的回憶就是跟著阿公到處跑來跑去。
阿公家附近有很多山，所以常常跟阿公去爬山。
爬山的過程阿公會教我看動物、植物，分散腳痠的注意力。
因為從小這麼長大，我不怕蟲，也最喜歡綠色、森林、動物。

輔仁大學應用美術學系畢業後，我成為專職插畫家。
在阿公離開前，還是常常會回去與阿公聊天聊地。
現在除了插畫家，更想稱呼自己為「說故事的人」，將這些回憶畫下來。

Instagram 搜尋：audreyyuang，可見更多作品。

國家圖書館出版品預行編目資料

阿公的跟屁蟲／奧黛莉圓 文. 圖
-- 第一版. -- 臺北市：親子天下股份有限公司, 2024.06
40 面；18.4x26公分. --
國語注音
ISBN 978-626-305-880-4（精裝）

1. SHTB：親情--3-6歲幼兒讀物
863.599　　　　　　　　　　　　　　113005949

繪本 0363

阿公的跟屁蟲

文圖｜奧黛莉圓

責任編輯｜謝宗穎　美術設計｜陳珮甄　行銷企劃｜高嘉吟

天下雜誌群創辦人｜殷允芃　董事長兼執行長｜何琦瑜
媒體暨產品事業群
總經理｜游玉雪　副總經理｜林彥傑　總編輯｜林欣靜
行銷總監｜林育菁　副總監｜蔡忠琦　版權主任｜何晨瑋、黃微真

出版者｜親子天下股份有限公司　地址｜台北市 104 建國北路一段 96 號 4 樓
電話｜（02）2509-2800　傳真｜（02）2509-2462　網址｜www.parenting.com.tw
讀者服務專線｜（02）2662-0332　週一～週五：09:00~17:30
傳真｜（02）2662-6048　客服信箱｜parenting@cw.com.tw
法律顧問｜台英國際商務法律事務所‧羅明通律師
總經銷｜大和圖書有限公司　電話：（02）8990-2588

出版日期｜2024 年 6 月第一版第一次印行
定價｜360 元　書號｜BKKP0363P　ISBN｜978-626-305-880-4（精裝）

訂購服務
親子天下 Shopping｜shopping.parenting.com.tw
海外‧大量訂購｜parenting@cw.com.tw
書香花園｜台北市建國北路二段 6 巷 11 號　電話（02）2506-1635
劃撥帳號｜50331356　親子天下股份有限公司

立即購買 >